學韓語超Easy！

안녕하세요?

韓語40音DVD 23堂課

三富原創 製作

韓國美女老師
劉京美
實況授課
DVD 2片

카메라
照相機

모자
帽子

국화빵
韓國紅豆餅

笛藤出版

出版前言

把韓國美女老師請回家，
1對1韓語教學！

「天啊！這一堆看起來像○○ＸＸ的符號到底是什麼意思啊！？」

相信許多人想學韓文，卻又對韓文看似一堆○○ＸＸ的符號望之卻步，其實只要邁出第一步，試著了解符號的基本元素後，就會發現看懂韓文字其實並沒有想像中困難。

一般韓語教材欠缺真人示範發音，使學習者無法觀察到發音口型而造成發音不準確。因此，一定要選對教材、打好基礎，學韓語也超EASY哦！

本套韓語DVD教學內容，是從三富原創製作的「學韓語超EASY」教學節目剪輯而成，該節目曾在中華電信MOD28台Show TV播出。

節目最大特色，就是由韓籍美女老師劉京美（Jamie）擔任講師，親切活潑的教學特色與道地發音，讓學習韓語變得更輕鬆有趣。節目播出時，受到觀眾極大迴響，紛紛致電希望能推出相關教材。

為提供讀者完整的學習效果，除了DVD教學外，更另外搭配由笛藤出版製作的習字帖，因而促成這套韓語學習影音書的誕生。

本套影音書教材特色：

●韓國美女老師教學DVD
　＊2片DVD共收錄23課，可完全配合您的時間＆進度學習。
　＊隨時暫停、迴轉與重播課程，學習力UP!
　＊就像把一位全天候的韓籍家教老師請回家，省下一筆昂貴的補習費用。

●彩繪韓語習字帖
　＊配合DVD教學內容製作，全面提升韓語說寫力！
　＊全書彩色、生動插圖，熊哥、虎弟、兔妹陪你學韓語超Happy!
　＊示範字型採用書寫體字形，寫出一手漂亮韓文！
　＊「Jamie老師聊韓國」小專欄，暢談韓國新鮮事！

踏出第一步，
打好基礎最重要！

韓語雙母音介紹(上)

　　大家好！我是Jamie！我在韓國就讀清州大學中文系，大學畢業後因為對中文很有興趣，於是來台灣繼續學習中文。後來恰巧認識了三富原創的節目製作人，他問我有沒有興趣試試主持韓語教學節目，由於韓文是我的母語，且以中文教學也沒有太大問題，我想應該可以勝任這個挑戰，因此就與三富原創合作到現在。

　　主持韓語教學節目的心得就是一連我自己都覺得韓文有些地方真的很麻煩，尤其是文法有很多規定、唸法與寫法也不一樣，
例如:「有」就有分：
＊있다 (基本型) ＊있습니다 (正式用法) ＊있어요 (口語型-寫法) ＊이써요 (口語型- 唸法)… 等等各種文法。

　　不過，想學韓文的人也別因此而卻步，初學韓語的捷徑就是，一定要先熟記韓語的母音、子音與兩者組合後的發音變化，因為這就是韓語最基本的構成元素，讀寫流利後，不但能認得許多單字，更可以唸出完整句子，所以千萬不能忽略這個基本功哦！至於複雜的文法就由之後學習到的單字、句子中慢慢去理解，不用太心急。

　　「學韓語超EASY」這套DVD搭配習字帖的基礎入門課程，完整介紹了韓語子音與母音等基本元素，共23課， 每課都不會超過10個字母，不但可以輕鬆學習，也希望大家不要囫圇吞棗，仔細的觀察我發音時的口型，學好每個字母標準的發音與寫法。
　　一旦下定決心學好韓文，就不要猶豫，現在就打開DVD與習字帖，跟著我一起踏出韓語的第一步吧！

目錄

出版前言···2
老師序言···3
本書使用方法···6
DVD使用方法···7
Jamie的韓語教室···8
韓語字母表··10

Jamie老師聊韓國 1 ·······································13

★韓國人是不是都有整型？
★現在一般韓國人還會穿韓服嗎？
★韓國有什麼好兆頭、迷信或禁忌嗎？

Lesson 1 韓語母音基本發音································14
Lesson 2 韓語子音基本發音（上）·····················18
Lesson 3 韓語子音基本發音（下）·····················21
Lesson 4 韓語雙子音發音介紹··························24
Lesson 5 韓語雙母音發音介紹（上）··················27
Lesson 6 韓語雙母音發音介紹（下）··················30

Jamie老師聊韓國 2 ·······································33

★韓國有什麼特殊的小吃呢？
 ＊韓國人氣小吃與料理
 ＊「酸甜苦辣」這樣說

Lesson 7　子音ㄱ＋母音的變化⋯⋯⋯⋯⋯⋯⋯34
Lesson 8　子音ㄴ＋母音的變化⋯⋯⋯⋯⋯⋯⋯37
Lesson 9　子音ㄷ＋母音的變化⋯⋯⋯⋯⋯⋯⋯40
Lesson 10　子音ㄹ＋母音的變化⋯⋯⋯⋯⋯⋯⋯43
Lesson 11　子音ㅁ＋母音的變化⋯⋯⋯⋯⋯⋯⋯46
Lesson 12　子音ㅂ＋母音的變化⋯⋯⋯⋯⋯⋯⋯49
Lesson 13　子音ㅅ＋母音的變化⋯⋯⋯⋯⋯⋯⋯52
Lesson 14　子音ㅇ＋母音的變化⋯⋯⋯⋯⋯⋯⋯55
Lesson 15　子音ㅈ＋母音的變化⋯⋯⋯⋯⋯⋯⋯58
Lesson 16　子音ㅊ＋母音的變化⋯⋯⋯⋯⋯⋯⋯61
Lesson 17　子音ㅋ＋母音的變化⋯⋯⋯⋯⋯⋯⋯64
Lesson 18　子音ㅌ＋母音的變化⋯⋯⋯⋯⋯⋯⋯68
Lesson 19　子音ㅍ＋母音的變化⋯⋯⋯⋯⋯⋯⋯72
Lesson 20　子音ㅎ＋母音的變化⋯⋯⋯⋯⋯⋯⋯76

COLUMN
Jamie老師聊韓國 3 ⋯⋯80

★韓國有什麼特殊的節日嗎？
　＊情人節
　＊韓文節
　＊過年
　＊中秋節

Lesson 21　雙子音的變化⋯⋯⋯⋯⋯⋯⋯⋯⋯⋯82
Lesson 22　雙母音的變化⋯⋯⋯⋯⋯⋯⋯⋯⋯⋯85
Lesson 23　名詞介紹⋯⋯⋯⋯⋯⋯⋯⋯⋯⋯⋯⋯89

COLUMN
Jamie老師聊韓國 4 ⋯⋯94

★韓國人每天必說的話是什麼呢？

안녕하세요? 你好嗎？
an.nyeong.ha.se.yo

本書使用方法

本書主要分為兩大部分：

● **Part 1 Lesson 1～6 基本母音&子音介紹**
　　共分為2個練習項目：
　　1.字母 · 發音 · 嘴型介紹
　　2.字母書寫練習

● **Part 2 Lesson 7～22 子音＋母音變化習字帖**
　　此部份為子音＋母音組合變化後的習字帖，讓您越寫越上手！
　　書中穿插「Jamie老師聊韓國」小專欄，Jamie老師與您暢談韓國新鮮事！

＊字母 · 發音 · 嘴型介紹（以p15 為例）

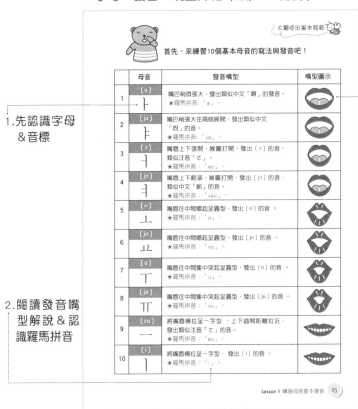

1.先認識字母
　&音標

2.閱讀發音嘴
　型解說&認
　識羅馬拼音

2.參照嘴型圖示與
　觀察DVD中老師
　示範的發音與嘴
　型，並準備一面
　鏡子，對照自己
　的嘴型，開口練
　習發音。

*字母書寫練習（以p16為例）

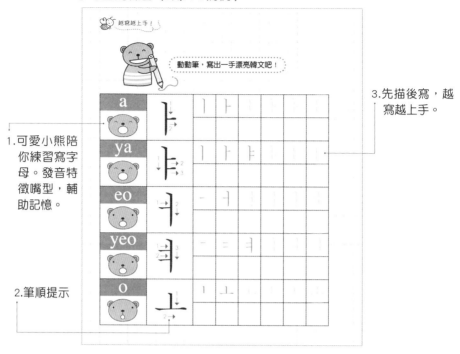

3.先描後寫，越寫越上手。

1.可愛小熊陪你練習寫字母。發音特徵嘴型，輔助記憶。

2.筆順提示

- -

DVD使用方法

● 本書所附光碟為 DVD 格式，需利用「DVD 影音播放器（DVD Player）」播放，若在電腦播放，電腦須配有「DVD 光碟機」與「DVD 播放軟體」方能播放。

● 兩片 DVD 選單如下：
您可以選擇「全部播放」或挑選您想學習的課程播放。

DVD1:Lesson1~Lesson12

學韓語超Easy

全部播放
Lesson 1. 韓語母音基本發音
Lesson 2. 韓語子音基本發音（上）
Lesson 3. 韓語子音基本發音（下）
Lesson 4. 韓語雙子音發音介紹
Lesson 5. 韓語雙母音發音介紹（上）
Lesson 6. 韓語雙母音發音介紹（下）
Lesson 7. 子音ㄱ、母音的變化
Lesson 8. 子音ㄴ、母音的變化
Lesson 9. 子音ㄷ、母音的變化
Lesson 10. 子音ㄹ、母音的變化
Lesson 11. 子音ㅁ、母音的變化
Lesson 12. 子音ㅂ、母音的變化

DVD2:Lesson13~Lesson23

學韓語超Easy

全部播放
Lesson 13. 子音ㅅ、母音的變化
Lesson 14. 子音ㅇ、母音的變化
Lesson 15. 子音ㅈ、母音的變化
Lesson 16. 子音ㅊ、母音的變化
Lesson 17. 子音ㅋ、母音的變化
Lesson 18. 子音ㅌ、母音的變化
Lesson 19. 子音ㅍ、母音的變化
Lesson 20. 子音ㅎ、母音的變化
Lesson 21. 雙子音的變化
Lesson 22. 雙母音的變化
Lesson 23. 名詞介紹

Jamie的韓語教室

 韓語文字的由來

　　據傳是韓國朝鮮時期（1443）世宗大王在學者的協助下創立了韓文，並於1446年正式以「訓民正音」之名向百姓宣佈韓文成立，「訓民正音」的意思就是要教導百姓正確的字音。

 韓語特性及學習技巧

　　韓語文字主要由10個母音和14個子音所組成，母音是依據天、地、人的形態所創造，子音則是模仿人的發音器官的樣子而創造。

　　韓語和日語有很多相同的地方，尤其是文法，像韓語有「敬語」和「半語」的使用，動詞與形容詞會有變化…等等。由於韓國很早之前沒有自己的文字，受到中國的影響，韓文裡面也可以看到很多漢字，例如我的名字－劉(유)京(경)美(미)，三個字都各自有韓文和漢字。

　　韓語屬於「拼音文字」，所以，要學會韓語，就必須先學會韓文的拼音方式，以及拼音字母有哪些…。

 韓語的發音與拼音結構

韓語是由基本母音、基本子音、雙母音、雙子音…所構成，其發音的
組合方式有以下幾種：

1. 一個子音 ＋ 一個母音
　　如：나(我)、나라 (國家)

子音	母音
n	a
ㄴ	ㅏ

子音	母音
l	a
ㄹ	ㅏ

2. 一個子音 + 一個母音 + 一個子音

如：강（河）

k	a
ㄱ	ㅏ
ng	
ㅇ	

3. 一個子音 + 兩個母音

如：왜（為什麼）

（ ∅：不發音 ）

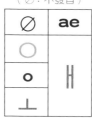

∅	ae
ㅇ	
o	ㅐ
ㅗ	

4. 一個子音 + 兩個母音 + 子音

如：왕（王）

（ ∅：不發音 ）

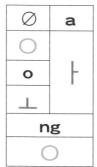

∅	a
ㅇ	
o	ㅏ
ㅗ	
ng	
ㅇ	

5. 一個子音 + 一個母音 + 兩個子音

如：삶（人生）

s	a
ㅅ	ㅏ
l	m
ㄹ	ㅁ

韓語字母表

●基本子音‧母音

子音 母音		ㄱ k/g	ㄴ n	ㄷ t/d	ㄹ r/l	ㅁ m	ㅂ p/b	ㅅ s	ㅇ ∅/ng	ㅈ ch/j	ㅊ ch	ㅋ k	ㅌ t
ㅏ	a	가 ga	나 na	다 da	라 la	마 ma	바 ba	사 sa	아 a	자 ja	차 cha	카 ka	타 ta
ㅑ	ya	갸 gya	냐 nya	댜 dya	랴 lya	먀 mya	뱌 bya	샤 sya	야 ya	쟈 jya	챠 chya	캬 kya	탸 tya
ㅓ	eo	거 go	너 neo	더 deo	러 leo	머 meo	버 beo	서 seo	어 eo	저 jeo	처 cheo	커 keo	터 teo
ㅕ	yeo	겨 gyeo	녀 nyeo	뎌 dyeo	려 lyeo	며 myeo	벼 byeo	셔 syeo	여 yeo	져 jyeo	쳐 chyeo	켜 kyeo	텨 tyeo
ㅗ	o	고 go	노 no	도 do	로 lo	모 mo	보 bo	소 so	오 o	조 jo	초 cho	코 ko	토 to
ㅛ	yo	교 gyo	뇨 nyo	됴 dyo	료 lyo	묘 myo	뵤 byo	쇼 syo	요 yo	죠 jyo	쵸 chyo	쿄 kyo	툐 tyo
ㅜ	u	구 gu	누 nu	두 du	루 lu	무 mu	부 bu	수 su	우 u	주 ju	추 chu	쿠 ku	투 tu
ㅠ	yu	규 gyu	뉴 nyu	듀 dyu	류 lyu	뮤 myu	뷰 byu	슈 syu	유 yu	쥬 jyu	츄 chyu	큐 kyu	튜 tyu
ㅡ	eu	그 geu	느 neu	드 deu	르 leu	므 meu	브 beu	스 seu	으 eu	즈 jeu	츠 cheu	크 keu	트 teu
ㅣ	i	기 gi	니 ni	디 di	리 li	미 mi	비 bi	시 si	이 i	지 ji	치 chi	키 ki	티 ti

(⌀：不發音)

ㅍ	ㅎ
p	h
파 pa	하 ha
퍄 pya	햐 hya
퍼 peo	허 heo
펴 pyeo	혀 hyeo
포 po	호 ho
표 pyo	효 hyo
푸 pu	후 hu
퓨 pyu	휴 hyu
프 peu	흐 heu
피 pi	히 hi

雙子音 / 母音		ㄲ kk	ㄸ tt	ㅃ pp	ㅆ ss	ㅉ jj
ㅏ	a	까 kka	따 tta	빠 ppa	싸 ssa	짜 jja
ㅑ	ya	꺄 kkya	땨 ttya	빠 ppya	쌰 ssya	쨔 jjya
ㅓ	eo	꺼 kkeo	떠 tteo	뻐 ppeo	써 sseo	쩌 jjeo
ㅕ	yeo	껴 kkyeo	뗘 ttyeo	뼈 ppyeo	쎠 ssyeo	쪄 jjyeo
ㅗ	o	꼬 kko	또 tto	뽀 ppo	쏘 sso	쪼 jjo
ㅛ	yo	꾜 kkyo	뚀 ttyo	뾰 ppyo	쑈 ssyo	쬬 jjyo
ㅜ	u	꾸 kku	뚜 ttu	뿌 ppu	쑤 ssu	쭈 jju
ㅠ	yu	뀨 kkyu	뜌 ttyu	쀼 ppyu	쓔 ssyu	쮸 jjyu
ㅡ	eu	끄 kkeu	뜨 tteu	쁘 ppeu	쓰 sseu	쯔 jjeu
ㅣ	i	끼 kki	띠 tti	삐 ppi	씨 ssi	찌 jji

子音 / 雙母音		ㅇ ⌀
ㅐ	ae	애 ae
ㅒ	yae	얘 yae
ㅔ	e	에 e
ㅖ	ye	예 ye
ㅘ	wa	와 wa
ㅙ	wae	왜 wae
ㅚ	oe	외 oe
ㅝ	wo	워 wo
ㅞ	we	웨 we
ㅟ	wi	위 wi
ㅢ	ui	의 ui

●收尾子音（終聲、韻尾）

韓語是拼音文字，大部分的單字都由兩個以上的字母所拼成（類似中文的注音），而位於單字中最尾端的字母就是終聲或韻尾，由於這些收尾音都是子音，又稱為收尾子音。收尾子音共歸類為7種發音，請參考下表：

收尾子音的7種發音

分類	收尾子音							發音	
1	ㄱ	ㅋ	ㄲ	ㄳ	ㄺ			ㄱ	k
2	ㄴ	ㄵ	ㄶ					ㄴ	n
3	ㄷ	ㅅ	ㅈ	ㅊ	ㅌ	ㅎ	ㅆ	ㄷ	t
4	ㄹ	※ㄼ	ㄽ	ㄾ	ㅀ			ㄹ	l
5	ㅁ	ㄻ						ㅁ	m
6	ㅂ	ㅍ	ㅄ	ㄿ				ㅂ	p
7	ㅇ							ㅇ	ng

※其中「ㄼ」亦發ㅂ（P）音

♥Jamie老師小叮嚀

●關於羅馬拼音
請注意，羅馬拼音只是一種接近實際發音的參考標示，並無法完全代替實際的正確發音，所以僅供輔助參考，想要練習正確的發音，還是必需注意聆聽與觀察老師在DVD裡所示範的發音與嘴型哦！

COLUMN
Jamie老師聊韓國 1

Q. 韓國人是不是都有整型？

A. 老實說，很多韓國明星確實都有整型，至於一般韓國民眾，就不像大家流傳得那麼誇張，不過韓國與台灣的文化的確不太一樣。跟台灣比起來，韓國人比較重視外在，女孩子比較會拿自己與別人的外表作比較；韓國競爭很激烈，加上整型技術發達，於是整型的風氣比較普遍。

Q. 現在一般韓國人還會穿韓服嗎？

A. 現在一般人已經很少穿韓服囉，只有特別的日子如結婚、過年…才會穿。
P.S.像韓劇中有時出現長輩所穿的韓服，有些是改良版的，並不是正式的韓服。

Q. 韓國有什麼好兆頭、迷信或禁忌嗎？

A. 在韓國，夢到豬和乾淨的水都是財運好的預兆，可以趕快去買樂透試試唷！若今天要考試，不要喝海帶湯哦！因為海帶滑滑的，代表容易落榜。吃飯時筷子和湯匙不能插在飯上，跟台灣一樣，有祭拜的意思。

Lesson

韓語母音基本發音

韓語母音分為「基本母音」與「雙母音」，
基本母音共有10個，雙母音共有11個
（請參看 Lesson 5&6）。
韓語母音是依據天、地、人的形態所創造的，
「●」代表天（以前母音直線旁的小橫線，以圓點來表示），
「一」代表地，「｜」代表人，
例：ㅏ→ㆍㅏ ㅑ→ㆍㆍㅑ ㅗ→ㆍ ㅛ→ㆍㆍ
是不是很有意思呢？

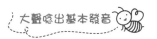

首先，來練習10個基本母音的寫法與發音吧！

	母音	發音嘴型	嘴型圖示
1	〔a〕 ㅏ	嘴巴稍微張大，發出類似中文「啊」的發音。 ★羅馬拼音:「a」。	
2	〔ja〕 ㅑ	嘴巴稍張大往兩側展開，發出類似中文「呀」的音。 ★羅馬拼音:「ya」。	
3	〔ɔ〕 ㅓ	嘴唇上下張開，喉嚨打開，發出〔ɔ〕的音，類似注音「ㄛ」。 ★羅馬拼音:「eo」。	
4	〔jɔ〕 ㅕ	嘴唇上下略張，喉嚨打開，發出〔jɔ〕的音，類似中文「喲」的音。 ★羅馬拼音:「yeo」。	
5	〔o〕 ㅗ	嘴唇往中間嘟起呈圓型，發出〔o〕的音。 ★羅馬拼音:「o」。	
6	〔jo〕 ㅛ	嘴唇往中間嘟起呈圓型，發出〔jo〕的音。 ★羅馬拼音:「yo」。	
7	〔u〕 ㅜ	嘴唇往中間集中突起呈圓型，發出〔u〕的音。 ★羅馬拼音:「u」。	
8	〔ju〕 ㅠ	嘴唇往中間集中突起呈圓型，發出〔ju〕的音。 ★羅馬拼音:「yu」。	
9	〔eu〕 ㅡ	將嘴唇橫拉呈一字型，上下齒間距離拉近，發出類似注音「ㄜ」的音。 ★羅馬拼音:「eu」。	
10	〔i〕 ㅣ	將嘴唇橫拉呈一字型，發出〔i〕的音。 ★羅馬拼音:「i」。	

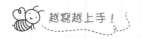

動動筆，寫出一手漂亮韓文吧！

a	卜	ㅣ	ㅏ	ㅏ	ㅏ	ㅏ	
ya	卜	ㅣ	ㅏ	ㅑ	ㅑ	ㅑ	ㅑ
eo	ㅓ	ㅡ	ㅓ	ㅓ	ㅓ	ㅓ	
yeo	ㅕ	ㅡ	ㅡ	ㅕ	ㅕ		
o	ㅗ	ㅣ	ㅗ	ㅗ			

yo 	⊥ (1↓ 2↓ 3→)	ㅣ	ㅐ	ㅛ	ㅛ	ㅛ	ㅛ
u 	ㅜ (2→ 1↓)	ㅣ	ㅜ				
yu 	ㅠ (1→ 2↓ 3↓)	ㅡ	ㅜ	ㅠ	ㅠ	ㅠ	ㅠ
eu 	ㅡ (1→)	ㅡ					
i 	ㅣ (1↓)	ㅣ					

♥Jamie老師小叮嚀

一般發音的嘴型，很難用一個圖像就能表達清楚，書裡所提供的嘴型圖像僅供參考，實際的發音＆嘴型建議還是多聽、多看老師在DVD裡的示範發音哦！

Lesson

2

韓語子音基本發音（上）

基本子音總共有14個，子音的字母形狀是<u>模仿人的發音器官</u>的樣子所創造出來的哦！

在這裡會先教大家子音的正式名稱發音。<u>子音通常會和母音結合成一個單字</u>，當子音和母音結合時，就會產生不同的發音（請參照Lesson7）。

現在就跟著老師一起來認識子音的寫法與發音吧！

	子音名稱	發音	嘴型圖示
1	〔giyeok〕 ㄱ	舌頭輕觸上顎，阻擋氣流，再放開使音發出。 ★羅馬拼音：「k‧g」。	
2	〔nieun〕 ㄴ	舌尖輕觸上排齒齦，再藉由舌尖離開牙齒時發出略帶鼻音的音。 ★羅馬拼音：「n」。	
3	〔digeut〕 ㄷ	舌頭的位置和「ㄴ」相同，是在「ㄴ」上方多加一條橫線所構成的字母。 ★羅馬拼音：「t‧d」。	
4	〔lieul〕 ㄹ	舌尖輕觸上顎，使氣流通過舌頭兩旁發音。 ★羅馬拼音：「r‧l」。	
5	〔mieum〕 ㅁ	先閉起雙唇，利用氣流通過鼻子發出略帶鼻音的音。注意看看，「ㅁ」和中文的「口」字是不是很像呢？ ★羅馬拼音：「m」。	
6	〔bieub〕 ㅂ	將「ㅁ」閉起的雙唇，利用氣流使嘴唇張開發音，觀察一下「ㅂ」的字型，上面兩端突出，是不是很像從口中發出的氣流呢？ ★羅馬拼音：「p‧b」。	
7	〔siot〕 ㅅ	發音時，舌尖略抵住下齒，舌面接近上顎，使氣流從舌尖和上顎間的空隙處磨擦而出。 ★羅馬拼音：「s」。	

動動筆，寫出一手漂亮韓文吧！

k·g ㄱ	ㄱ	ㄱ					
n ㄴ	ㄴ	ㄴ					
t.d ㄷ	ㄷ	ㅡ	ㄷ				
r.l ㄹ	ㄹ	ㄱ	ㄹ	ㄹ			
m ㅁ	ㅁ	ㅣ	ㄲ	ㅁ			
p·b ㅂ	ㅂ	ㅣ	ㅐ	ㅐ	ㅂ		
s ㅅ	ㅅ	ノ	ㅅ				

Lesson

3

韓語子音基本發音（下）

前面7個子音都熟悉了嗎？
接下來繼續挑戰剩下的7個子音吧！

	子音名稱	發音	嘴型圖示
1	〔ieung〕 ㅇ	發音時使氣流通過鼻腔而成音。「ㅇ」就是取自喉嚨口的圓圈形模樣。 ★羅馬拼音：「ng」。	
2	〔jieut〕 ㅈ	舌尖輕觸下齒，舌面接近上顎堵住氣流後摩擦出聲。 ★羅馬拼音：「j」。	
3	〔chieut〕 ㅊ	發音方法與ㅈ相同，但要加強氣音，用力吐氣來發音。 ★羅馬拼音：「ch」。	
4	〔kieuk〕 ㅋ	舌頭輕觸上顎，阻擋氣流，再放開加強氣音，用力吐氣使音發出。 ★羅馬拼音：「k」。	
5	〔tieut〕 ㅌ	舌尖輕觸上排齒齦，再藉由舌尖離開牙齒時加強氣音來發音。 ★羅馬拼音：「t」。	
6	〔pieup〕 ㅍ	將閉起的雙唇，加強氣音用力吐氣，使嘴唇張開發音。 ★羅馬拼音：「p」。	
7	〔hieut〕 ㅎ	從喉嚨用力吐氣，使聲帶摩擦就可發出此音。 ★羅馬拼音：「h」。	

動動筆，寫出一手漂亮韓文吧！

ng	ㅇ	ㅇ				
j	ㅈ	ㄱ	ㅈ			
ch	ㅊ	ㄱ	ㅈ	ㅊ		
k	ㅋ	ㄱ	ㅋ			
t	ㅌ	ㄱ	ㄷ	ㅌ		
p	ㅍ	ㄱ	ㄱ	ㅍ	ㅍ	
h	ㅎ	ㄱ	ㄱ	ㅎ		

Lesson

4

韓語雙子音發音介紹

· · · · · · · · · · · · · · · · · ·

韓語的雙子音共有5個，分別由子音ㄱ、ㄷ、ㅂ、ㅅ、
ㅈ重複變化而來，發音要比原來的子音更重、更清楚有
力（請參照Lesson21）。

	雙子音	發音	嘴型圖示
1	〔ssang giyeok〕 ㄲ	加重「ㄱ」的發音，發出比「ㄱ」更為清楚有力的重音。 ★羅馬拼音：「kk」。	
2	〔ssang digeut〕 ㄸ	加重「ㄷ」的發音，發出比「ㄷ」更為清楚有力的重音。 ★羅馬拼音：「tt」。	
3	〔ssang bieub〕 ㅃ	加重「ㅂ」的發音，發出比「ㅂ」更為清楚有力的重音。 ★羅馬拼音：「pp」。	
4	〔ssang siot〕 ㅆ	加重「ㅅ」的發音，發出比「ㅅ」更為清楚有力的重音。 ★羅馬拼音：「ss」。	
5	〔ssang jieut〕 ㅉ	加重「ㅈ」的發音，發出比「ㅈ」更為清楚有力的重音。 ★羅馬拼音：「jj」。	

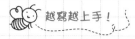

越寫越上手！

動動筆，寫出一手漂亮韓文吧！

kk	ㄲ	ㄱ	ㄲ	ㄲ	ㄲ	ㄲ	ㄲ
tt	ㄸ	ㄷ	ㄷ	ㄷ	ㄸ	ㄸ	ㄸ
pp	ㅃ	ㅣ	ㅣㅣ	ㅐ	ㅂ	ㅂㅣ	ㅂㅣ
		ㅃㅣ	ㅃ				
ss	쓰	ノ	ㅅ	ㅆ	쓰	쓰	쓰
jj	쯔	ㄱ	ㅈ	ㅉ	쯔	쯔	쯔

Lesson

5

韓語雙母音發音介紹（上）

· · · · · · · · · · · · · · · · · · · ·

雙母音基本上是由<u>兩個母音組合而成</u>，全部共有11個，
雙母音的發音都很類似，要注意老師的嘴型與發音哦！

	子音名稱	發音	嘴型圖示
1	〔ɛ〕 ㅐ	「ㅏ+ㅣ」= ㅐ 嘴唇橫拉發〔ɛ〕的音。 ★羅馬拼音:「ae」。	
2	〔jɛ〕 ㅒ	「ㅑ+ㅣ」= ㅒ 嘴唇橫拉發〔jɛ〕的音。 ★羅馬拼音:「yae」。	
3	〔e〕 ㅔ	「ㅓ+ㅣ」= ㅔ 嘴巴略張不要用力,發〔e〕的音。 ★羅馬拼音:「e」。	
4	〔je〕 ㅖ	「ㅕ+ㅣ」= ㅖ 嘴巴略張不要用力, 發〔je〕的音。 ★羅馬拼音:「ye」。	
5	〔wa〕 ㅘ	「ㅗ+ㅏ」= ㅘ 嘴唇先嘟起後再張開,發〔wa〕的音。 ★羅馬拼音:「wa」。	
6	〔wɛ〕 ㅙ	「ㅗ+ㅐ」= ㅙ 嘴唇先嘟起後再橫拉,發〔wɛ〕的音。 ★羅馬拼音:「wae」。	

越寫越上手！

動動筆，寫出一手漂亮韓文吧！

ae	ㅐ	ㅣ	ㅏ	ㅐ			
😊							
yae	ㅒ	ㅣ	ㅏ	ㅑ	ㅒ		
😊							
e	ㅔ	ㅡ	ㅓ	ㅔ			
😊							
ye	ㅖ	ㅡ	ㅕ	ㅖ			
😊							
wa	ㅘ	ㅣ	ㅗ	ㅚ	ㅘ		
😮							
wae	ㅙ	ㅣ	ㅗ	ㅚ	ㅘ	ㅙ	
😄							

Lesson

6

韓語雙母音發音介紹（下）

· ·

雙前面的6個雙母音都記清楚了嗎？加油！不要放棄！
基本母音的部份只剩下最後5個雙母音就學完囉！

	雙母音	發音	嘴型圖示
1	〔we〕 ㅚ	「ㅗ+ㅣ」= ㅚ 嘴唇先嘟起後再張開，發〔we〕的音。 ★羅馬拼音：「oe」。	
2	〔wɔ〕 ㅝ	「ㅜ+ㅓ」= ㅝ 嘴唇先嘟起後再張開，發〔wɔ〕的音。 ★羅馬拼音：「weo」。	
3	〔we〕 ㅞ	「ㅜ+ㅔ」= ㅞ 嘴唇先嘟起後再張開，發〔we〕的音。 ★羅馬拼音：「we」。	
4	〔wi〕 ㅟ	「ㅜ+ㅣ」= ㅟ 嘴唇先嘟起後再橫拉，發〔wi〕的音。 ★羅馬拼音：「wi」。	
5	〔ui〕 ㅢ	「ㅡ+ㅣ」= ㅢ 嘴唇向兩邊橫拉，發〔ui〕的音。 ★羅馬拼音：「ui」。	

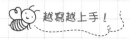

動動筆，寫出一手漂亮韓文吧！

oe	ㅚ	ㅣ	ㅗ	ㅚ	ㅚ	ㅚ	ㅚ
weo	ㅝ	ㅡ	ㅜ	ㅜ	ㅝ	ㅝ	ㅝ
we	ㅞ	ㅡ	ㅜ	ㅜ	ㅝ	ㅞ	ㅞ
wi	ㅟ	ㅡ	ㅜ	ㅟ	ㅟ	ㅟ	ㅟ
ui	ㅢ	ㅡ	ㅢ	ㅢ	ㅢ	ㅢ	ㅢ

COLUMN
Jamie老師聊韓國 2

 Q. 韓國有什麼特殊的小吃呢？

 A. 炒年糕和甜不辣是韓國最普遍的小吃，有機會去韓國，一定要嚐嚐看哦！

❤ 韓國人氣小吃與料理

떡볶이 辣炒年糕	오뎅 黑輪、甜不辣	튀김 油炸物
tteok.bo.kki	o.deng	twi.gim
닭꼬치 雞肉串	순대 豬血腸	국화빵 韓國紅豆餅 (餅皮是鹹的)
dak.kko.chi	sun.dae	Guk.hwa.bbang

❤ 「酸甜苦辣」這樣說

시다 酸	달다 甜	쓰다 苦
si.da	dal.da	sseu.da
맵다 辣	짜다 鹹	느끼하다 油膩
maep.da	jja.da	neu.kki.ha.da

Lesson

7

子音ㄱ＋母音的變化

接下來，我們要開始練習每個「基本子音」結合「基本母音」的發音變化與寫法，藉由重覆的組合練習，和韓語的子音＆母音作好朋友，便能打好韓語的基礎，之後才能快速學習更多韓語單字與句子！

●**子音ㄱ ＋ 母音**ㅏ ㅑ ㅓ ㅕ ㅗ ㅛ ㅜ ㅠ ㅡ ㅣ●

動動筆，寫出一手漂亮韓文吧！

ga	가	가	가	가	가	가	가
gya	갸	갸	갸	갸	갸	갸	갸
geo	거	거	거	거	거	거	거
gyeo	겨	겨	겨	겨	겨	겨	겨
go	고	고	고	고	고	고	고

♥Jamie老師小叮嚀

相信同學們在L1~6已經熟練子音、母音的筆畫，因此從這裡開始，不再標示筆畫，挑戰一下自己吧！若真的想不起來，再翻到前面看喔！

gyo	교	교	교	교	교	교	교
gu	구	구	구	구	구	구	구
gyu	규	규	규	규	규	규	규
geu	그	그	그	그	그	그	그
gi	기	기	기	기	기	기	기

Lesson

8

子音 ㄴ + 母音的變化

● 子音 ㄴ + 母音 ㅏ ㅑ ㅓ ㅕ ㅗ ㅛ ㅜ ㅠ ㅡ ㅣ ●

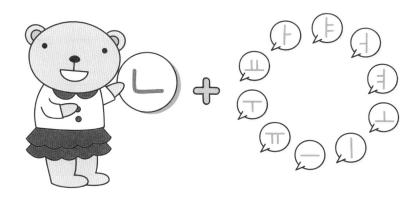

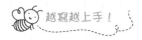

動動筆，寫出一手漂亮韓文吧！

na	나	나	나	나	나	나	나
nya	냐	냐	냐	냐	냐	냐	냐
neo	너	너	너	너	너	너	너
nyeo	녀	녀	녀	녀	녀	녀	녀
no	노	노	노	노	노	노	노

nyo	뇨	뇨	뇨	뇨	뇨	뇨	뇨
nu	누	누	누	누	누	누	누
nyu	뉴	뉴	뉴	뉴	뉴	뉴	뉴
neu	느	느	느	느	느	느	느
ni	니	니	니	니	니	니	니

Lesson

9

子音ㄷ＋母音的變化

●子音ㄷ＋母音ㅏㅑㅓㅕㅗㅛㅜㅠㅡㅣ●

越寫越上手！

動動筆，寫出一手漂亮韓文吧！

da	다	다	다	다	다	다	다
dya	댜	댜	댜	댜	댜	댜	댜
deo	더	더	더	더	더	더	더
dyeo	뎌	뎌	뎌	뎌	뎌	뎌	뎌
do	도	도	도	도	도	도	도

dyo	됴	됴	됴	됴	됴	됴	됴
du	두	두	두	두	두	두	두
dyu	듀	듀	듀	듀	듀	듀	듀
deu	드	드	드	드	드	드	드
di	디	디	디	디	디	디	디

Lesson

10

子音 ㄹ ＋ 母音的變化

●子音ㄹ ＋ 母音ㅏㅑㅓㅕㅗㅛㅜㅠㅡㅣ●

 動動筆，寫出一手漂亮韓文吧！

la	라	라	라	라	라	라	라
lya	랴	랴	랴	랴	랴	랴	랴
leo	러	러	러	러	러	러	러
lyeo	려	려	려	려	려	려	려
lo	로	로	로	로	로	로	로

lyo	됴	됴	됴	됴	됴	됴	됴
lu	루	루	루	루	루	루	루
lyu	류	류	류	류	류	류	류
leu	르	르	르	르	르	르	르
li	리	리	리	리	리	리	리

Lesson

11

子音 ㅁ＋母音的變化

· · · · · · · · · · · · · · · · · · ·

●子音ㅁ＋母音 ㅏ ㅑ ㅓ ㅕ ㅗ ㅛ ㅜ ㅠ ㅡ ㅣ●

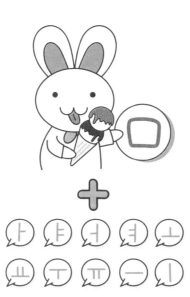

動動筆，寫出一手漂亮韓文吧！

ma	마	마	마	마	마	마	마
mya	먀	먀	먀	먀	먀	먀	먀
meo	머	머	머	머	머	머	머
myeo	며	며	며	며	며	며	며
mo	모	모	모	모	모	모	모

myo	묘	묘	묘	묘	묘	묘	묘
mu	무	무	무	무	무	무	무
myu	유	유	유	유	유	유	유
meu	므	므	므	므	므	므	므
mi	미	미	미	미	미	미	미

Lesson

12

子音 ㅂ＋母音的變化

● 子音ㅂ＋母音 ㅏ ㅑ ㅓ ㅕ ㅗ ㅛ ㅜ ㅠ ㅡ ㅣ ●

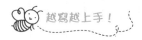

動動筆，寫出一手漂亮韓文吧！

ba	바	바	바	바	바	바	바
bya	뱌	뱌	뱌	뱌	뱌	뱌	뱌
beo	버	버	버	버	버	버	버
byeo	벼	벼	벼	벼	벼	벼	벼
bo	보	보	보	보	보	보	보

byo	뵤	뵤	뵤	뵤	뵤	뵤	뵤
bu	부	부	부	부	부	부	부
byu	뷰	뷰	뷰	뷰	뷰	뷰	뷰
beu	브	브	브	브	브	브	브
bi	비	비	비	비	비	비	비

發現新單字

바보　　笨蛋
ba.bo

Lesson
13

子音 ㅅ＋母音的變化

· ·

●子音ㅅ ＋ 母音ㅏㅑㅓㅕㅗㅛㅜㅠㅡㅣ●

動動筆，寫出一手漂亮韓文吧！

sa	사	사	사	사	사	사	사
sya	샤	샤	샤	샤	샤	샤	샤
seo	서	서	서	서	서	서	서
syeo	셔	셔	셔	셔	셔	셔	셔
so	소	소	소	소	소	소	소

syo	쇼	쇼	쇼	쇼	쇼	쇼	쇼
su	수	수	수	수	수	수	수
syu	슈	슈	슈	슈	슈	슈	슈
seu	스	스	스	스	스	스	스
si	시	시	시	시	시	시	시

發現新單字

소　　　　牛
so

Lesson

14

子音 ㅇ ＋母音的變化

●**子音ㅇ ＋母音**ㅏ ㅑ ㅓ ㅕ ㅗ ㅛ ㅜ ㅠ ㅡ ㅣ●

越寫越上手！

動動筆，寫出一手漂亮韓文吧！

a	아	아	아	아	아	아	아
ya	야	야	야	야	야	야	야
eo	어	어	어	어	어	어	어
yeo	여	여	여	여	여	여	여
o	오	오	오	오	오	오	오

yo	요	요	요	요	요	요	요
u	우	우	우	우	우	우	우
yu	유	유	유	유	유	유	유
eu	으	으	으	으	으	으	으
i	이	이	이	이	이	이	이

 發現新單字

아이　小孩子
a.yi

우유　牛奶
u.yu

이유　理由
yi.yu

Lesson

15

子音 ㅈ＋母音的變化

· · · · · · · · · · · · · · · · · · · ·

●子音ㅈ＋母音ㅏㅑㅓㅕㅗㅛㅜㅠㅡㅣ●

動動筆，寫出一手漂亮韓文吧！

ja	자	자	자	자	자	자	자
jya	쟈	쟈	쟈	쟈	쟈	쟈	쟈
jeo	저	저	저	저	저	저	저
jyeo	져	져	져	져	져	져	져
jo	조	조	조	조	조	조	조

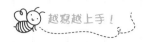

jyo	죠	죠	죠	죠	죠	죠	죠
jsu	주	주	주	주	주	주	주
jyu	쥬	쥬	쥬	쥬	쥬	쥬	쥬
jeu	즈	즈	즈	즈	즈	즈	즈
ji	지	지	지	지	지	지	지

 發現新單字

사자　獅子
sa.ja

여자　女子
yeo.ja

쥬스　果汁
jyu.seu　英 juice

Lesson

16

子音 ㅊ＋母音的變化

●子音 ㅊ ＋ 母音ㅏ ㅑ ㅓ ㅕ ㅗ ㅛ ㅜ ㅠ ㅡ ㅣ ●

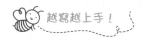

動動筆，寫出一手漂亮韓文吧！

cha	차	차	차	차	차	차	차
chya	챠	챠	챠	챠	챠	챠	챠
cheo	처	처	처	처	처	처	처
chyeo	쳐	쳐	쳐	쳐	쳐	쳐	쳐
cho	초	초	초	초	초	초	초

chyo	쵸	쵸	쵸	쵸	쵸	쵸	쵸
chu	추	추	추	추	추	추	추
chyu	츄	츄	츄	츄	츄	츄	츄
cheu	츠	츠	츠	츠	츠	츠	츠
chi	치	치	치	치	치	치	치

發現新單字

차
cha
車子、茶

치즈
chi.seu
起士
英 cheese

치마
chi.ma
裙子

Lesson

17

子音 ㅋ + 母音的變化

●子音ㅋ + 母音 ㅏ ㅑ ㅓ ㅕ ㅗ ㅛ ㅜ ㅠ ㅡ ㅣ●

越寫越上手！

動動筆，寫出一手漂亮韓文吧！

ka	카	카	카	카	카	카	카
kya	캬	캬	캬	캬	캬	캬	캬
keo	커	커	커	커	커	커	커
kyeo	켜	켜	켜	켜	켜	켜	켜
ko	코	코	코	코	코	코	코

kyo	쿄	쿄	쿄	쿄	쿄	쿄	쿄
ku	쿠	쿠	쿠	쿠	쿠	쿠	쿠
kyu	큐	큐	큐	큐	큐	큐	큐
keu	크	크	크	크	크	크	크
ki	키	키	키	키	키	키	키

發現新單字

코　鼻子
ko

카메라　照相機
ka.me.ra　英 camera

카드　卡片
ka.deu　英 card

쿠키　餅乾
ku.ki　英 cookie

크기　大小
keu.gi

도쿄　東京
do.kyo　英 Tokyo

키　個子
ki

Lesson

18

子音 ㅌ + 母音的變化

●子音ㅌ + 母音 ㅏ ㅑ ㅓ ㅕ ㅗ ㅛ ㅜ ㅠ ㅡ ㅣ●

 動動筆，寫出一手漂亮韓文吧！

ta	타	타	타	타	타	타	타
tya	탸	탸	탸	탸	탸	탸	탸
teo	터	터	터	터	터	터	터
tyeo	텨	텨	텨	텨	텨	텨	텨
to	토	토	토	토	토	토	토

tyo	됴	됴	됴	됴	됴	됴	됴
tu	투	투	투	투	투	투	투
tyu	튜	튜	튜	튜	튜	튜	튜
teu	트	트	트	트	트	트	트
ti	티	티	티	티	티	티	티

토마토　蕃茄
to.ma.to　英 Tomato

토요일　星期六
to.yo.il

타다　搭乘
ta.da

티셔츠　T 恤
ti.syeo.cheu　英 T-shirt

팬티　內褲
paen.ti　英 pantie

Lesson

19

子音 ㅍ＋母音的變化

●子音ㅍ＋母音ㅏㅑㅓㅕㅗㅛㅜㅠㅡㅣ●

動動筆，寫出一手漂亮韓文吧！

pa	파	파	파	파	파	파	파
pya	퍄	퍄	퍄	퍄	퍄	퍄	퍄
peo	퍼	퍼	퍼	퍼	퍼	퍼	퍼
pyeo	펴	펴	펴	펴	펴	펴	펴
po	포	포	포	포	포	포	포

pyo	표	표	표	표	표	표	표
pu	푸	푸	푸	푸	푸	푸	푸
pyu	퓨	퓨	퓨	퓨	퓨	퓨	퓨
peu	프	프	프	프	프	프	프
pi	피	피	피	피	피	피	피

파	蔥
pa	

파도	浪潮
pa.do	

포도	葡萄
po.do	

펴다	打開
pyeo.da	

피부	皮膚
pi.bu	

차표	車票
cha.pyo	

Lesson
20

子音 ㅎ＋母音的變化

●子音ㅎ＋母音 ㅏ ㅑ ㅓ ㅕ ㅗ ㅛ ㅜ ㅠ ㅡ ㅣ●

動動筆，寫出一手漂亮韓文吧！

ha	하	하	하	하	하	하	하
hya	햐	햐	햐	햐	햐	햐	햐
heo	허	허	허	허	허	허	허
hyeo	혀	혀	혀	혀	혀	혀	혀
ho	호	호	호	호	호	호	호

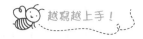
越寫越上手！

hyo	효	효	효	효	효	효	효
hu	후	후	후	후	후	후	후
hyu	휴	휴	휴	휴	휴	휴	휴
heu	흐	흐	흐	흐	흐	흐	흐
hi	히	히	히	히	히	히	히

發現新單字

하품 哈欠
ha.pum

혀 舌頭
hyeo

오후 下午
o.hu

tea time !

오전 上午
o.jeon

good morning !

※補充單字
（「下午」的反義字）

 Q. 韓國有什麼特殊的節日嗎?

 A. ♥ 情人節

在韓國,每月14號都有情人節哦!
不過我自己比較熟悉的是2/14、3/14、4/14的情人節,其他月份的情人節也是聽說的。不過,每個月過不一樣的情人節倒是蠻有趣的,大家可以參考一下列表,和情侶一起相約做同一件事,也可以為生活增添一些小情趣哦!

日期	節日名	說明
1/14	Diary Day	情侶互贈可記錄一年份戀愛點滴的筆記本給對方的日子
2/14	Valentine's Day	女生送心儀男生禮物的日子
3/14	White Day	男生送心儀女生禮物的日子
4/14	Black Day	情人節沒收到禮物的男女一起約吃飯的日子(穿黑色衣服一起吃炸醬麵—因為韓國的炸醬麵也是黑色的)
5/14	Rose Day	情侶互送玫瑰的日子
6/14	Kiss Day	情侶互吻的日子
7/14	Silver Day	情侶互送銀色戒指的日子
8/14	Green Day	情侶一起去山上散步的日子

9/14	Photo Day	情侶一起拍照的日子
10/14	Wine Day	情侶一起喝葡萄酒的日子
11/14	Movie and Orange Day	情侶一起看電影、喝柳橙汁(orange juice)的日子
12/14	Hug Day	情侶互相擁抱的日子

🖤 韓文節

1926年朝鮮語研究會(研究韓國國家語文的團體)為紀念世宗大王創立韓文480年而成立，一開始為每年10月29日，後來更改為每年10月9日。

🖤 過年

韓國像台灣一樣，過年有分國曆和農曆過年。國曆過年為一月一日、二日。農曆過年為農曆一月一日~三日，和台灣不一樣的地方是，韓國人是在農曆一月一日早餐全家人一起團聚吃年糕湯（不是年夜飯），而且長輩們會給晚輩白色的"紅包"。
P.S.:韓國人不分喪禮、過年還是結婚，都是用白色的信封裝錢。

🖤 中秋節

中秋節是韓國的另一個大節日，農曆的八月十五日、十六日連放兩天假。

Lesson

21

雙子音的變化

●雙子音ㄲ ㄸ ㅃ ㅆ ㅉ ＋母音ㅏ●

子音 · 雙子音比一比

子音	가	다	바	사	자
	ga	da	ba	sa	ja
雙子音	까	따	빠	싸	짜
	kka	tta	ppa	ssa	jja

動動筆，寫出一手漂亮韓文吧！

kka	까	까	까	까	까	까	까
tta	따	따	따	따	따	따	따
ppa	빠	빠	빠	빠	빠	빠	빠

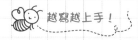
ssa	싸	싸	싸	싸	싸	싸	싸
jja	짜	짜	짜	짜	짜	짜	짜

發現新單字

雙子音 + 다 = 動詞

까다　　剝
kka.da

따다　　摘
tta.da

싸다　　便宜
ssa.da

짜다　　鹹
jja.da

Lesson

22

雙母音的變化

. . . .

●雙母音 ㅐ ㅒ ㅔ ㅖ ㅘ ㅙ ㅚ ㅝ ㅞ ㅟ ㅢ ＋子音。●

動動筆，寫出一手漂亮韓文吧！

ae	애	애	애	애	애	애	애
yae	얘	얘	얘	얘	얘	얘	얘
e	에	에	에	에	에	에	에
ye	예	예	예	예	예	예	예
wa	와	와	와	와	와	와	와

wae	왜	왜	왜	왜	왜	왜	왜
oe	외	외	외	외	외	외	외
wo	워	워	워	워	워	워	워
we	웨	웨	웨	웨	웨	웨	웨
wi	위	위	위	위	위	위	위
ui	의	의	의	의	의	의	의

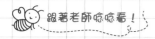

發現新單字

왜 wae *why??* *68 kg!!*	為什麼

위에 wi.e	上面

에 e	在

얘기 yae.gi *wow!*	故事

의자 ui.ja	椅子

Lesson

23

名詞介紹

- - - - - - - - - - - - - - - - - - - -

堅持到這裡的同學們，相信已經和基本韓語字母們變成
熟悉的好朋友囉！接下來學習進階新單字一定超Easy！
Let's Go!

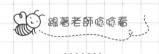

母音

아이 　　　小孩
a.i

이유 　　　理由
yi.yu

우유 　　　牛奶
u.yu

Fat Free
Milk

여우 　　　狐狸
yeo.u

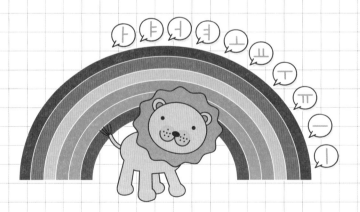

ㅏ ㅑ ㅓ ㅕ ㅗ ㅛ ㅜ ㅠ ㅡ ㅣ

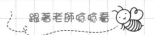

子音 + 母音

부모 　父母
bu.mo

가수 　歌手
ga.su

모자 　帽子·母子
mo.ja

子音 + 母音 + 子音

눈 　眼睛·雪
nun

봄 　春天
bom

跟著老師唸唸看

子音 + 雙母音

개　　　　　狗
kae

베개　　　　枕頭
pe.gae

子音 + 雙母音 + 子音

왕　　　　　王
wang

I am wang!

왕

책　　　　　書
chaeg

子音＋母音＋雙子音

있다　　有
iss.da

없다　　沒有
eob.da

雙子音＋母音＋（雙）子音

꽃　　花
kkot

떡　　年糕
tteok

💜 課後補充站

雙子音＋母音＋雙子音

깎다　　削・剪
kkakk da

COLUMN

Jamie老師聊韓國 4

Q. 韓國人每天必說的話是什麼呢?

A. 下面幾句是韓國人幾乎每天都會說的短句,非常實用,一定要記起來哦!尤其是「吃飽了沒?」,是韓國人在外面遇到熟人時常用的招呼語,這個習慣和台灣倒是很相近呢!

안녕하세요? 你好嗎?
an.nyeong.ha.se.yo

감사합니다. 謝謝。
kam.sa.ham.ni.da

미안해요. 對不起。
mi.an.hae.yo

식사하셨어요? 吃飽了沒?
sik.sa.ha.syeoss.eo.yo

MEMO

國家圖書館出版品預行編目（CIP）資料

學韓語超EASY！韓語40音 DVD23堂課
三富原創娛樂事業有限公司作.
-- 初版.-- 臺北市：笛藤，2010.01
面；公分
ISBN 978-957-710-536-3
（平裝附數位影音光碟）
1. 韓語 2. 語音 3.發音
803.24   98015471

學韓語超EASY!
韓語40音DVD 23堂課

定價299元

2013年12月3日 初版第3刷

製　　作：三富原創娛樂事業有限公司

授課老師：劉京美

封面‧內頁設計：李靜屏‧徐一巧

總 編 輯：賴巧凌

發 行 所：笛藤出版圖書有限公司

地　　址：台北市萬華區中華路一段104號5樓

電　　話：(02)2388-7636

傳　　真：(02)2388-7639

總 經 銷：聯合發行股份有限公司

地　　址：新北市新店區寶橋路235巷6弄6號2樓

電　　話：(02)2917-8022‧(02)2917-8042

製 版 廠：造極彩色印刷製版股份有限公司

地　　址：新北市中和區中山路2段340巷36號

電　　話：(02)2240-0333‧(02)2248-3904

訂書郵撥帳戶：八方出版股份有限公司
訂書郵撥帳號：19809050